GRANDES PERSONAJES EN LA HISTORIA DE LOS ESTADOS UNIDOS™

ANNIE OAKLEY

TIRADORA DEL LEJANO OESTE

JASON PORTERFIELD

TRADUCCIÓN AL ESPAÑOL:
EIDA DE LA VEGA

The Rosen Publishing Group, Inc.
Editorial Buenas Letras™
New York

Published in 2004 by The Rosen Publishing Group, Inc.
29 East 21st Street, New York, NY 10010

First Spanish Edition 2004
First English Edition 2004

Cataloging Data

Porterfield, Jason.
[Annie Oakley: Tiradora del Lejano Oeste
Annie Oakley: Wild West sharpshooter / Jason Porterfield. — 1st ed.
    v. cm. — (Grandes personajes en la historia de los Estados Unidos)
Includes bibliographical references (p.) and index.
Contents: Annie's early life—A contest with Frank Butler—Buffalo Bill's Wild West show—A world star—The legend of Annie Oakley.
ISBN 0-8239-4126-4 (lib. bdg.)
ISBN 0-8239-4220-1 (pbk.)
6-pack ISBN 0-8239-7575-4
1. Oakley, Annie, 1860-1926—Juvenile literature. 2. Shooters of firearms—United States—Biography—Juvenile literature. 3. Women entertainers—United States—Biography—Juvenile literature. 4. Frontier and pioneer life—West (U.S.)—Juvenile literature. [1. Oakley, Annie, 1860-1926. 2. Sharpshooters. 3. Entertainers. 4. Women—Biography. 5. Spanish language materials.]
I. Title. II. Series: Primary sources of famous people in American history. Spanish.
GV1157.O3L56 2003
799.3'092—dc21

Manufactured in the United States of America

Photo credits: Cover © Hulton/Archive/Getty Images; pp. 4, 5, 9, 11, 13, 16, 29 courtesy of Garst Museum; pp. 7, 28 Ohio Historical Society; p. 8 David Rumsey Historical Map Collection, http://www.davidrumsey.com; pp. 10 (Otto Westerman, X-6484), 15 (NS-664), 18 (X-31721), 19 (NS-456), 25 (NS-150) Denver Public Library, Western History Collection; p. 12 © Culver Pictures; p. 14 Rare Book, Manuscript, and Special Collections Library, Duke University; p. 17 Western History Collections, University of Oklahoma Library; p. 20 Buffalo Bill Historical Center, Cody, WY; 1.69.1070; pp. 21, 24 © Bettmann /Corbis; p. 23 Circus World Museum, Baraboo, WI; p. 27 Library of Congress Prints and Photographs Division.

Designer: Thomas Forget; Editor: Jill Jarnow; Photo Researcher: Rebecca Anguin-Cohen

CONTENIDO

1 LOS PRIMEROS AÑOS

Annie Oakley nació el 13 de agosto de 1860. Sus padres eran Jacob y Susan Moses. Ellos llamaron a la recién nacida Phoebe Ann, pero todos le decían Annie.

La familia Moses vivía en Ohio. Eran dueños de una granja en el condado de Darke. Toda la familia ayudaba en la granja. El padre de Annie cazaba y ponía trampas a los animales para obtener comida.

Phoebe Anne Moses nació en esta casa en 1860, en Greenville, Ohio. Más tarde se cambió el nombre a Annie Oakley.

Annie era la quinta hija de Jacob y Susan Moses. Jacob Moses murió en 1866.

Jacob Moses murió cuando Annie sólo tenía seis años. Susan Moses vendió la granja para pagar deudas y se mudó con sus hijos a una granja alquilada. La vida en la nueva granja era difícil. Annie y su hermano John cazaban para ayudar a la familia a sobrevivir.

LA GRAN FAMILIA DE ANNIE

¡Annie tenía ocho hermanos! Su madre se casó varias veces.

Aquí se muestra una granja de Ohio fotografiada entre 1886 y 1888. La granja de la familia Moses puede haberse parecido a ésta.

A los diez años de edad, Annie se marchó de su casa para empezar a trabajar. Vivía en un hospicio cercano con los enfermos y los huérfanos. A Annie le pagaban por coser y cuidar a los niños.

Annie regresó a la granja y empezó a cazar otra vez. Se convirtió en la mejor tiradora del condado de Darke. Los Moses comían de los animales que cazaba Annie y vendían el resto.

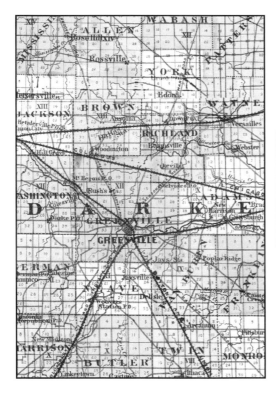

Este mapa de Ohio en 1875 muestra Greenville, en el condado de Darke, donde nació Annie Oakley.

Annie Oakley vendía parte de lo que cazaba a la tienda de alimentos G. A. Katzenberger & Brothers, en Greenville, Ohio. La tienda se muestra aquí, a principios del siglo XIX.

2 UNA COMPETICIÓN CON FRANK BUTLER

Annie ayudó a su familia a salir de sus deudas gracias a la cacería. Annie nunca fallaba un tiro. Sus amigos la animaron para que participara en una competición de tiro.

En aquella época se usaban armas de fuego para obtener alimentos y para protegerse. Muchos creían que las mujeres no debían usar armas. Esto era considerado muy poco femenino.

Annie ayudaba a su familia cazando animales salvajes. Comían de los animales que cazaba Annie y vendían el resto a las tiendas.

En 1892, Annie fue a Londres, donde actuó delante de la reina Victoria. Esta fotografía de Annie fue tomada durante ese viaje.

Annie asombraba a los hombres con su puntería. Ganó muchas competiciones.

En la primavera de 1875, Annie participó en un concurso de tiro en Ohio. Compitió contra un hombre llamado Frank Butler. Frank era uno de los mejores tiradores del país.

Annie le ganó y se enamoraron. Frank y Annie se casaron en junio de 1882.

Annie era una de las mujeres más admiradas de su época. Inteligente, bonita y bondadosa, se hizo famosa en una actividad que estaba reservada para los hombres.

Frank Butler se quedó asombrado cuando Annie lo venció en un concurso de tiro, en 1875. Esta foto de Frank es de 1880.

3 EL ESPECTÁCULO DEL LEJANO OESTE

Después de casados, Annie y Frank trabajaron en equipo. Annie se cambió el apellido a Oakley. Le parecía que su nuevo nombre tenía un sonido más fuerte.

El equipo de Oakley y Butler daba giras por el país. Participaban en competiciones y demostraciones. Pronto Annie fue la reina del acto. Frank se convirtió en su representante y ayudante en el escenario.

Una tarjeta de colección de una caja de cigarrillos muestra a la Señorita Annie Oakley. También muestra a otros tiradores famosos, como Captain A. H. Bogardus, Hon. W. F. Buffalo Bill Cody, y Dr. W. F. "Doc" Carver.

Esta foto de Annie, tomada en 1901, la muestra practicando saltos. En el espectáculo del Lejano Oeste de Buffalo Bill, ella saltaba sobre un rifle.

Oakley y Butler actuaron por todo Estados Unidos. Hicieron muchos amigos a medida que Annie se volvió famosa.

El jefe de los indios Sioux, Toro Sentado, vio la actuación de Annie. Impresionado por su puntería, adoptó a Annie como su hija. La llamó Watanya Cecilla. El nombre significa "Pequeño Tiro Certero" en la lengua sioux.

Dave, el perro de Annie y Frank, también participaba en el acto. Annie le disparaba a una manzana colocada sobre la cabeza del perro. ¡Dave atrapaba los pedazos con la boca!

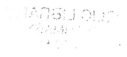

Annie y los indios posan en Londres contra un escenario de montañas falsas. El espectáculo del Lejano Oeste de Buffalo Bill se presentó ante la reina Victoria durante su Jubileo Dorado de 1887.

Buffalo Bill Cody convenció a Annie y a Frank para que se unieran a su espectáculo en 1885.

Dieron giras por todas partes. Vaqueros, tiradores y nativos americanos mostraban a la gente cómo era la vida en el Oeste. Annie actuaba delante de grandes multitudes. Toro Sentado también participaba en el espectáculo.

El jefe Toro Sentado llamaba a Annie "mi hija, Pequeño Tiro Certero". Annie enseñó a Toro Sentado a leer y a escribir.

Annie practica tiro en 1892. Aquí la vemos practicando en
Londres, Inglaterra.

4 UNA ESTRELLA INTERNACIONAL

El espectáculo del Lejano Oeste aumentó la fama de Annie. Ella practicaba mucho.

La gente iba sólo para ver tirar a Annie. Le disparaba a cigarrillos que Frank se ponía en la boca. Frank lanzaba bolas de cristal al aire para que Annie les disparara. Su truco más famoso era disparar de espaldas. Apuntaba mirando por un espejo, ¡y siempre acertaba!

Annie aprendió a coser cuando era niña. Se cosía sus propios vestidos. Cuando viajaba, los empacaba con mucho cuidado en este baúl.

Uno de los trucos más famosos de Annie era disparar de espaldas mirando por un espejo. Aquí aparece posando para una foto.

El espectáculo del Lejano Oeste fue a
Europa en 1887. Annie ganó muchas
medallas de oro. Sus admiradores le enviaban
regalos. Mucha gente famosa acudió a verla
disparar. ¡Annie incluso le ganó al gran
duque Miguel de Rusia!

DISPARANDO PARA LA REINA

La reina Victoria de Inglaterra quería ver tirar a
Annie. Vio el espectáculo desde un palco cubierto por
cortinas de terciopelo.

Este cartel resalta escenas de la vida de Annie como artista. Además de tener buena puntería, era una excelente jinete.

Annie le mostró al mundo que las mujeres podían tirar tan bien como los hombres. Annie empezó a enseñar a tirar a las mujeres. Sentía que ellas debían ser capaces de defenderse.

Pero no sólo se dedicó a tirar. Además se interesó por otras causas. Annie dio mucho de su dinero a la beneficencia y abogó por los derechos de los nativos americanos.

Annie creía que las mujeres debían aprender a disparar. Aquí la vemos enseñando a un grupo de mujeres de Carolina del Norte, en 1918.

Buffalo Bill posa con su compañía en Roma, Italia, en 1890. Annie está en la segunda fila a la derecha. Frank Butler está en el extremo derecho de la misma fila.

5 LA LEYENDA DE ANNIE OAKLEY

Annie resultó gravemente herida en un accidente de tren en 1901. Finalmente tuvo que abandonar el espectáculo del Lejano Oeste de Buffalo Bill. Ella y Frank pensaron en retirarse.

Pero Annie era incansable, y en 1911 se unió al espectáculo del Lejano Oeste del Joven Buffalo. Más gente que nunca acudió a ver a Annie. Ella y Frank dejaron el espectáculo después de dos años.

LOS ESFUERZOS DE ANNIE DURANTE LA GUERRA

En 1917, Annie se ofreció para entrenar un regimiento femenino, para que luchara en la Primera Guerra Mundial. El presidente Wilson nunca contestó a su oferta.

Annie posa con una arma que le dio Buffalo Bill. El año es 1922.

Annie y Frank se mantuvieron activos hasta 1926. Ambos se enfermaron ese año. Annie murió el 3 de noviembre y Frank murió 18 días después. Están enterrados juntos en Greenville, Ohio.

El recuerdo de Annie Oakley sigue vivo. La vemos en libros, películas y obras de teatro. Recordamos a Annie por su puntería y por su vida ejemplar.

Annie murió en 1926. Frank murió 18 días después. Están enterrados en el cementerio Brock, en Greenville, condado de Darke, Ohio.

Annie Oakley, Frank Butler y su perro Dave trabajaron en el hotel Carolina, en Carolina del Norte. Actuaban y enseñaban a la gente a disparar. Dave también participaba.

CRONOLOGÍA

1860—Annie Oakley
nace el 13 de agosto.

1882—Annie se casa
con Frank Butler.

1885—Frank y Annie
se unen al espectáculo
del Lejano Oeste de
Buffalo Bill.

1887—Annie actúa
delante de la reina
Victoria, durante su gira
por Europa.

1901—Annie es herida
en un accidente de tren.

1926—Annie muere
el 3 de noviembre y
es enterrada en
Greenville, Ohio.

GLOSARIO

adoptar Criar un niño de otros padres.

causa Una idea que una persona apoya.

caza: Acción de cazar.

competición (la) Un juego o concurso donde dos o más personas compiten por un premio.

demostración (la) Mostrar a la gente cómo hacer algo, representándolo.

deuda (la) Algo que se debe.

gira (la) Un viaje para exhibir un espectáculo.

habilidad (la) Destreza. Acción que demuestra un grado de inteligencia en quien la realiza.

hospicio (el) Un lugar para el cuidado de los enfermos y de los necesitados.

huérfano(-a) Un niño o animal que no tiene padres.

representante Alguien a cargo de un grupo de gente en un trabajo.

SITIOS WEB

Debido a las constantes modificaciones en los sitios de Internet, Rosen Publishing Group, Inc., ha desarrollado un listado de sitios Web relacionados con el tema de este libro. Este sitio se actualiza con regularidad. Por favor, usa este enlace para acceder a la lista:

http://www.rosenlinks.com/fpah/aoak

LISTA DE FUENTES PRIMARIAS DE IMÁGENES

Página 5: Annie Moses Butler, alrededor de 1880. Fotografía de Martin, Chicago, actualmente en el Museo Garst de la Sociedad Histórica del condado de Darke.

Página 8: *Mapa de Ohio. Vías férreas y municipalidad*, 1875, de George F. Cram.

Página 9: La tienda de alimentos G. A. Katzenberger & Brothers, en Greenville, Ohio, fotografía de alrededor de 1880, cortesía del Museo Garst de la Sociedad Histórica del condado de Darke, Greenville, Ohio.

Página 10: Annie como proveedora de caza, fotografía, Sociedad Histórica de Ohio, Columbus, Ohio.

Página 11: Annie Oakley en Londres, fotografía de 1892, Sociedad Histórica del condado de Darke, Museo Garst, Greenville, Ohio.

Página 12: Retrato formal de Annie Oakley, fotografía, Fundación Annie Oakley.

Página 13: Frank Butler, fotografía de Martin de alrededor de 1880 en Chicago, Sociedad Histórica del condado de Darke, Museo Garst, Greenville, Ohio.

Página 14: Tarjeta de coleccionista, litografía de antes de 1920, Álbum de Campeones Mundiales-Image 3, W. Duke & Company, Allen & Ginter Cigarettes, Biblioteca de Libros Raros, Manuscritos y Colecciones Especiales de la Universidad de Duke.

Página 15: Annie Oakley, impresión fotográfica de época, 1901/1902, Departamento de Genealogía/Historia Occidental de la Biblioteca Pública de Denver, Denver, Colorado.

Página 17: Annie Oakley con indios en la Feria de Londres, fotografía de Elliot & Fry, tomada en Londres, Colección de Historia Occidental, Universidad de Oklahoma, Norman, Oklahoma.

Página 18: Toro Sentado, jefe Sioux, con la pipa de la paz en las rodillas, fotografía de la década de 1880 tomada por David Frances. Se encuentra en el Departamento de Genealogía/Historia Occidental de la Biblioteca Pública de Denver, Denver, Colorado.

Página 19: Annie Oakley, fotografía de 1892, de A.R. Dresser, Departamento de Genealogía/Historia Occidental de la Biblioteca Pública de Denver, Denver, Colorado.

Página 23: *Annie Oakley*, cartel para el espectáculo del Lejano Oeste de Buffalo Bill, litografía de 1901, Enquirer Job Printing Co., Cincinnati, Ohio, Museo Mundial del Circo, Baraboo, Wisconsin.

Página 25: Espectáculo del Lejano Oeste de Buffalo Bill en Roma, Italia, fotografía de 1890 atribuida a Luigi Primoli, Departamento de Genealogía/Historia Occidental de la Biblioteca Pública de Denver, Denver, Colorado.

Página 27: Annie Oakley con un arma que le dio Buffalo Bill, 1922, fotografía, Colección de fotografías de los periódicos *New York World-Telegram y Sun*, , División de fotografías y de impresos de la Biblioteca del Congreso, Washington, D.C.

ÍNDICE

ACERCA DEL AUTOR

Jason Porterfield es escritor y vive en Chicago, Illinois.